Un
jour, solei
曬風景

銘黃色的兩層樓房、紫色的薰衣草、赭藍色的木頭窗扇，很小的時候，
便聽說有個像這樣的地方叫作普羅旺斯……

FRANCE — *Bonjour, Provence*

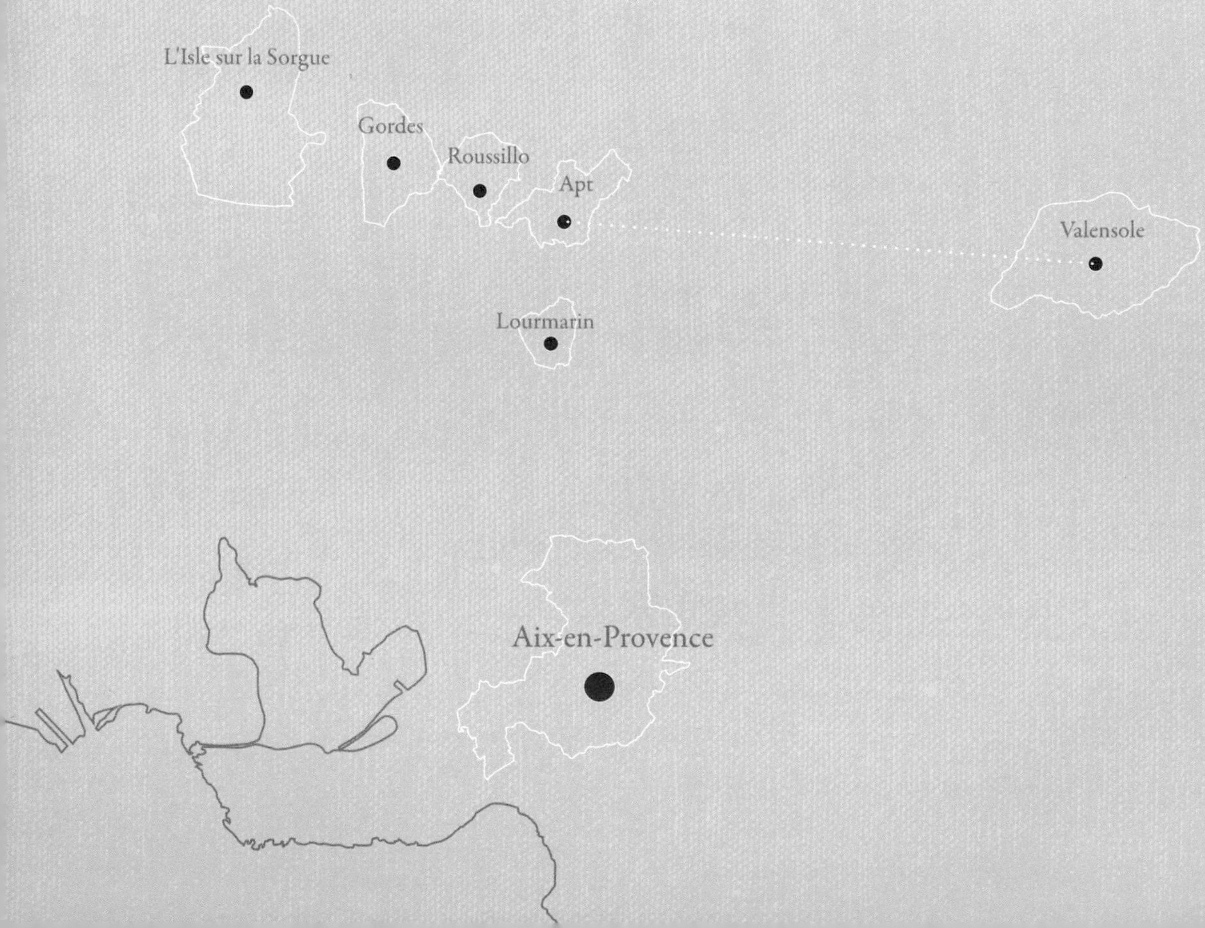

User's Guide

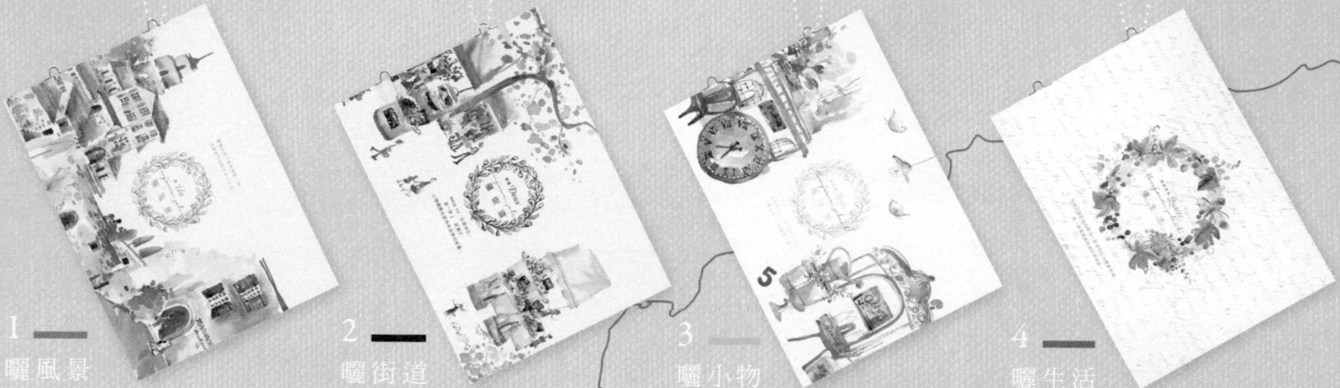

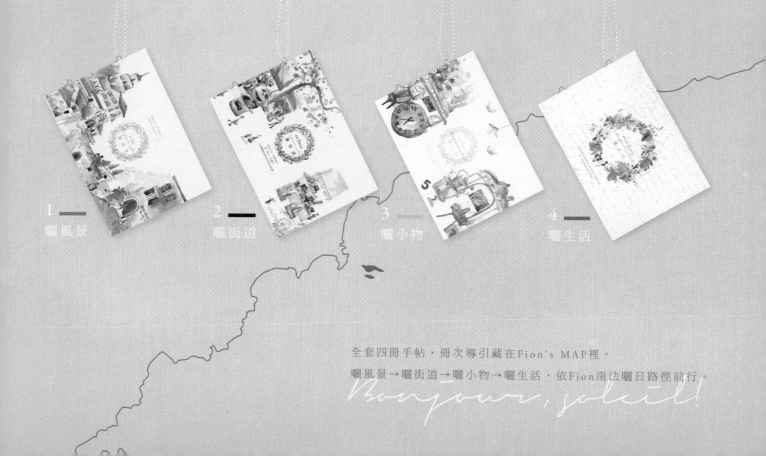

1 曬風景

2 曬街道

3 曬小物

4 曬生活

全套四冊手帖，冊次導引藏在Fion's MAP裡，

曬風景→曬街道→曬小物→曬生活，依Fion南法曬日路徑前行。

Bonjour, soleil!

Fion's Map

REGISTERED ✱ FIRST CLASS

13, rue Chevert, 13

PROVENCE

Entrepreneur de Serrurerie

街上若遇見老鐵筒、生鏽的老水罐、斑駁的木扇、文字烙印裝飾，說什麼也巴著要攬在身邊，這些那些，一而再再而三地、不聽話地，老是擄獲心房。真像是兩塊磁鐵，遇見了就緊緊相依。擁有之後的安心感，就像是被愛人緊緊牽著手心，溫暖又感到自己的存在……

銘黃色的兩層樓房、紫色的薰衣草、赭藍色的木頭窗扇，很小的時候，便聽說有個像這樣的地方叫作普羅旺斯，Provence。

很多地名的英文單字不見得記得起來，唯獨這個，記印在腦子裡十載，依舊每次拼得正確。

Bonjour

十年前，憑著薄淺的認識，畫下一棟記憶裡南法的小樓房，十年來不時瞥見，都知道有個地方得去、得去。

電影《美好的一年》（a good year）裡的愛情故事，的確美好得讓人想閉上雙眼跟著浪漫，但令我更在乎的，倒是兩兩成對、像衛兵筆直佇立在鄉間道路旁的梧桐樹，和那一直存在記憶裡銘黃色、深紫色、赭藍色的老村莊，和酒瓶綠色的葡萄園。

一直以來，都有種隱隱熟悉、好像認識很久的感覺，搞不清楚是上輩子的記憶還是夢裡的場景，這地方，十年來，像是一種招喚，不斷地在心裡被提醒起。

然而怎麼樣也沒想到，是在這樣的伴遊組合／情況下，
搭上 TGV 高速鐵路前往這個既熟悉又陌生的地方。

無法怨嘆的就是得牽一個、抱一個，舉家前往，情況比我想像中的混亂些，但終究還是來到了，這記憶裡一直想親身體驗的地方。

駛過幾棟灰色的建築，火車的玻璃窗外漸漸出現綠色的田野，我知道已經離開了巴黎，往法國的鄉下移動前進。綠色田野間的房舍零星地散佈其中，屋瓦是桔紅色、咖啡色的，遠遠看來，像是模型藍圖裡的樣品屋，小巧可愛的令人想放上手掌心呵護。

玻璃窗格咻咻而過的每一畝景色不盡相同，綠油油的丘陵之間也是不同層次的綠色，在盛夏來到的我，早知道錯過了罌粟那魅惑的深紅色花海，而鮮黃的向日葵有些還賞臉地昂頭微笑，米色的麥子隨風輕輕搖擺，陽光掠過時是一陣金黃。坐在火車上一邊叮嚀伴遊的孩子坐下，腦子裡則是一邊祈禱著，紫色薰衣草田不要被全部收割，起碼海拔高點的山上，還可以留點為我的遠道而來歡迎著。

三個小時的車程，行經許許多多也想下車走走的村莊，只是人生夢想太多，一次做完夢太過貪心，於是筆記下來當作下次遠行的起點，生活不知不覺又有了新的目標。

窗外的房舍從小小的樣子漸漸趨大，車裡的人們躁動著整理行李，看起來就快抵達目的地。像個孩子興奮得再也坐不住，空氣裡揚起廣播員的法文聲響，讓本來就已經鼓噪的思緒這會兒興奮得好想尖叫。

我真的來到，那既熟悉又陌生、覺得上輩子似乎存在過、又或者是夢裡出現過的土地上。

沿著彩色公路前行

野花小姐們

沒來過的地方，印入眼簾的第一眼總叫人印象深刻。
那些昂頭向蔚藍天空伸長、彷彿用她的紫色、黃色、粉紅色在天空作畫的野花小姐們，列隊佇立在我們駛進普羅旺斯的車道兩旁，像是優雅的前哨衛兵，告訴來到的異國人們說：「歡迎來到美麗的普羅旺斯。」

一路上，一直想摘下幾朵粉藍色的藍雪花、紫色的薰衣草、橘紅色的罌粟花、一點點金黃色的蠟菊、幾枝銀白色的橄欖葉和山葡萄葉，好為我租來的小房子插上一盆新鮮的花。

彩虹的南法公路上，綿延的花田和樹園，是一點都不做作的南法壯麗。

罌粟花女士

成遍的妳如此魅惑，像是女人擦上鮮紅色指甲油、鮮紅唇膏的濃情。若是我再有一個女兒，便想取同妳一樣的英文名字——poppy，可愛又可親，像單朵的妳。

橄欖樹

書上說你有「比肉、比葡萄酒都還古老的滋味……那是如冷水般古老的滋味」，即使一百歲的你，跟我的女兒 Mia 一樣還是個孩子。

晴朗的日子，驅車從一個小鎮到另外一個小鎮，微風徐徐吹拂，空氣沙沙作響，樹梢銀波、綠波搖曳，在陽光下像鏡子般的反射，一百歲的你和五百歲的橄欖樹爺爺們交織成林，一路上不斷遇見你。

向日葵家族

一朵一朵像手掌心一樣大的你，整齊排列，好守秩序，你的家族甚是龐大，佔領了好多塊的南法土地，好像怕人們沒看見你們似的。你的鮮黃色，如同你總是奮力綻放的笑臉般討人歡喜。我有用葵花籽油做菜噢！沒有忘記你。

淘氣南瓜

不曉得你知不知道，萬聖節的時候你好紅，人們搶著和你一起，作淘氣的魔鬼。

在我心裡，你一點都不魔鬼，像善良的大叔，給我們好喝的南瓜湯，還把南瓜籽給我朋友做了好吃的南瓜籽焦糖。那天田野遇見你，很想下車接近，來不及轉下交流道，好遺憾沒有抱著你冰涼的肚子給上深深一吻。

漫步在如詩篇般的生活街

Aix-en-Provence

生氣盎然的小巷裡，
總是驚喜不斷。

côté

HEDLARD
HEDLARD

窄小的鵝卵石路、赭藍色木頭窗扇上，草綠色植物的攀爬和黑色的老鐵鎖、麵包店剛出爐的法國長棍、水果店那山滿到快要滾下來的蜜桃，琳琅滿目不曉得從哪瓶挑起的玫瑰紅酒……

被南法專屬紫色香氣環繞

Apt —— Valensole

此趟路上始終惦著，要把普羅旺斯專屬的薰衣草香精帶走，讓離開後的日子裡也能擁有它神奇的鎮定與舒緩，藉由香氣讓我隨時閉上眼睛，都能記憶起拜訪過的田地與小鎮。

仰望高懸空中的百年老街

Gordes

葛德，「天空之城」，地名的原意是指「高懸的村子」。

一個懸在天空中的城市，聽起來好美，不是嗎？

探訪艷陽下的赭紅山城

Roussillo

水彩盤裡有三十種顏色，
足夠讓我再調出一百種顏色。

聽見紅色山城的傳說，貪心的又想試試看「赭」世界的另外三十個紅橙黃綠，畫畫的孩子像是朝聖一般，頂著熱烈的陽光走上山去。

沉浸在法式甜點夢境裡

Apr

儘管甜到必須用一大壺伯爵茶的搭配來調和過度的糖分，花花綠綠的晶瑩色彩還是讓我像個孩子般趴在玻璃窗前不時吞下口水。

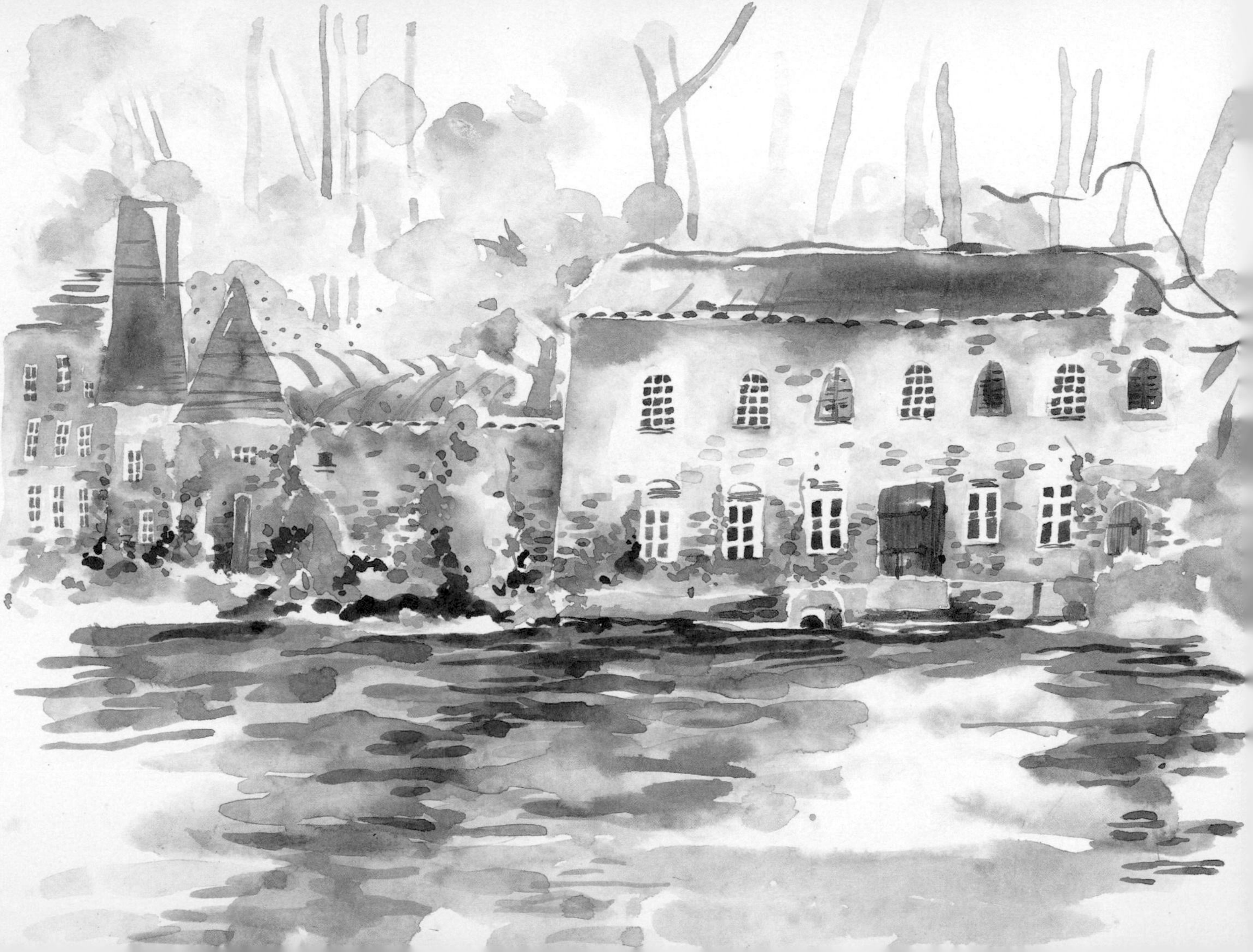

骨董街描繪歲月痕跡

L'Isle sur la Sorgue

到索格島的人們大概都是為了鎮上十四個古老的水車而來，我則為了幫家裡的老水罐、老磅秤找尋新玩伴，親訪鎮上三百間古董老物店而來。

雜貨街繽紛曬美好

Lourmarin

過分的美讓心臟噗通噗通地跳，
正值村裡午休時間的安靜，
空氣裡的心跳聲顯得清晰。

街道的優容、轉角佇立的滿牆綠葉、上坡小徑的老物小店、還有讓我完全沒有抵抗力，直接舉雙手投降的雜貨鋪子們，美好得讓腳步彷徨。

走入夢中的蜂蜜色市集

Aix-en-Provence

高聳梧桐樹的遮護下，市集裡的陽光顯得溫柔許多，四周古老建築的黃土色，被陽光佐襯出一片蜂蜜色的氣氛，一切美麗得讓人難以置信，像在畫裡，像一直夢到的，卻又活生生在眼前……